Vente du Lundi 4 Février 18
HOTEL DROUOT, SALLE N° 5
A DEUX HEURES

OBJETS D'ART

ET DE

CURIOSITÉ

Émaux de Limoges, Argenterie, Objets de vitrine
Antiquités grecques
Faïences italiennes et hollandaises, anciennes Porcelaines de Saxe
et de Chine
Bronzes d'art et d'ameublement

MEUBLES ANCIENS & DE STYLES

TAPISSERIES ANCIENNES

QUELQUES LIVRES MODERNES

EXPOSITION PUBLIQUE

Le Dimanche 3 Février 1884, de une heure à cinq heures

Mᵉ Maurice **DELESTRE**	M. B. **LASQUIN**
COMMISSAIRE-PRISEUR	EXPERT
Rue Drouot, 27	Rue Laffitte, 12

PARIS — 1884

Vᵉ RENOU, MAULDE et COCK

IMPRIMEURS DE LA COMPAGNIE DES COMMISSAIRES-PRISEURS

Rue de Rivoli, 144

CATALOGUE

—

OBJETS D'ART

ET DE

CURIOSITÉ

Émaux de Limoges, Argenterie, Objets de vitrine
Antiquités grecques
Faïences italiennes et hollandaises, anciennes Porcelaines de Saxe
et de Chine
Bronzes d'art et d'ameublement

MEUBLES ANCIENS & DE STYLES

TAPISSERIES ANCIENNES

TAPIS PERSANS

QUELQUES LIVRES MODERNES

DONT LA VENTE AURA LIEU

HOTEL DROUOT, SALLE N° 5

Le Lundi 4 Février 1884

A DEUX HEURES

Mᵉ **MAURICE DELESTRE**, Commissaire-Priseur,
rue Drouot, 27,

Assisté de **M. B. LASQUIN**, Expert, rue Laffitte, 12,

CHEZ LESQUELS SE TROUVE LE PRÉSENT CATALOGUE.

EXPOSITION PUBLIQUE

Le Dimanche 3 Février 1884, de 1 heure à 5 heures.

—

PARIS — 1884

CONDITIONS DE LA VENTE

—

Elle sera faite au comptant.

Les Acquéreurs paieront CINQ POUR CENT, en sus des enchères.

L'Exposition mettant le Public à même de se rendre compte de l'état des Objets, il ne sera admis aucune réclamation une fois l'adjudication prononcée.

DÉSIGNATION

ÉMAUX DE LIMOGES ET AUTRES

1 — Petit Médaillon ovale en émail de Limoges du xvie siècle : la Nativité.

2 — Médaillon en émail de Nouailhier, dans une bordure en argent : la Vierge.

3 — Plaque rectangulaire en émail de Limoges du xvie siècle, représentant un prisonnier agenouillé devant un religieux.

4 — Plaque rectangulaire en émail de Limoges du xvie siècle : le Calvaire.

5 — Plaque ovale en émail de Limoges, dans le goût de Jean Nouailhier : l'Adoration des Bergers.

6 — Petite Coupe ronde à deux anses en émail de Jean Laudin, au fond : Saint Joseph et l'Enfant Jésus.

7 — Plaque en émail de Jean Laudin : Saint Stéphane.

8 — Plaque provenant d'une châsse en cuivre champlevé et émaillé, xvie siècle.

9 — Deux Plaques de bourse en émail, dans le goût de Nouailhier : Portraits de dame et de gentilhomme.

10 — Étui-Nécessaire Louis XV en émail, à médaillons de fleurs réservés et portrait de femme sur fond bleu.

11 — Nécessaire en émail de Saxe, à médaillons de paysages et ornements en relief, garni de ses ustensiles.

12 — Cassolette en émail de Saxe, à médaillons sur fond vert.

13 — Nécessaire en émail, imitant l'aventurine.

14 — Couvercle de boîte en émail de Saxe, représentant un Saint en prière.•

15 — Trois Pièces: Boîte ovale, Boîte ronde et Boîte sans couvercle en émail de Saxe.

16 — Tasse et Soucoupe en émail de Chine.

OBJETS DE VITRINE EN ARGENT

ET AUTRES

17 — Reliure de livre du temps de Louis XIII en argent repoussé, représentant l'Annonciation et la Visitation.

18 — Autre Reliure Louis XIII en argent repoussé
et découpé à jour, à ramages.

19 — Sept Pièces en argent repoussé et découpé
à jour, fermoirs de livre. Travail hollandais.

20 — Deux Pièces: Nécessaire et Cassolette, forme
vase, en argent repoussé.

21 — Trois Pièces en argent: Tabatière Louis XV
et deux petites Boîtes-Cassolettes en forme de livre et d'armoire. Travail hollandais.

22 — Petit Gobelet Louis XIII en vermeil repoussé, à ramages.

23 — Deux Bracelets en filigrane d'argent.

24 — Vingt Boutons en filigrane d'argent.

25 — Cinq Pièces en filigrane d'argent : Pince à
sucre, Agrafe, Médaillon, Cœur et Pen-
dentifs.

26 — Deux petites Plaques en argent repoussé, à
sujets antiques.

27 — Trois Flacons à odeurs, dont deux en cristal,
revêtus d'argent.

28 — Deux Étuis, l'un en argent, l'autre en filigrane.

29 — Petit Cadre de médaillon Louis XIII en
argent.

30 — Bas-Relief en argent repoussé. Pieta.

31 — Deux Écussons en argent repoussé et
gravé. Travail hollandais.

32 — Cachet-Bréloque en or ciselé et cristal de
roche.

33 — Bague orientale en or et une Bague juive.

34 — Deux Ordres religieux en argent et en cuivre, ornés de strass et de pierreries et un
Insigne en cuivre émaillé.

35 — Carnet Louis XV en nacre incrustée d'attri-
buts en or et un petit Calendrier.

36 — Deux Pièces : Clef de chambellan en cuivre
doré et applique découpée à jour, avec
chiffre.

37 — Deux petites Figurines de sainte Madeleine
et saint Jean, en bronze doré, époque
Louis XIII.

38 — Deux Pièces greco-russes : Croix en cuivre
et bas-reliefs, Vierge et Jésus.

39 — Pendentif, formant reliquaire, en verre
églomisé, représentant deux Sujets dans
une monture émaillée, ornée de deux
pendeloques de pierres fines. Ancien travail greco-russe.

40 — Reliquaire en cuivre champlevé et émaillé,
avec médaillon en verre églomisé, représentant l'Annonciation. Ancien travail
greco-russe.

41 — Quatre petits Cachets-Breloques en fer,
cuivre et argent, et un Cachet avec portrait du duc de Berri.

42 — Deux Pièces en bronze: Crucifix et Plaque
saint Jérôme.

43 — Lot de Boutons en acier.

44 — Trois Pièces : deux Dessus de boîtes en cuivre découpé et en écaille et une Agrafe
chinoise en argent émaillé.

45 — Lot de très petites Médailles : Personnages
du xixe siècle.

46 — Éventail à monture de nacre, à ornements
d'or, avec feuille en dentelle blanche.

47 — Gourde et Coupe en noix de coco sculptée, avec monture en argent.

48 — Deux Coupes rondes à couvercles en jade.

———

ANTIQUITÉS

49 — Petit Vase à parfums en terre cuite grecque, décoré de chimères peintes en noir et rouge et portant des traces de dorure. Rare.

50 — OEnochoé à couverte noire. Nola.

51 — Amphore à couverte noire. Nola.

52 — Amphore à trois anses, couverte noire, à sujet : Personnage offrant une cassette à une femme assise. Nola.

53 — Coupe ronde à couverte noire. Nola.

54 — Coupe libatoire grecque, couverte noire à ornements de guirlandes de lierre et de feuilles d'acanthe en relief.

55 — Huit Têtes de figurines en terre cuite, fragments de statuettes votives.

56 — Fragment de bas-relief en terre cuite : Tête casquée.

57 — Une Coupe et une Lampe en terre.

58 — Trois Pièces en bronze : Bœuf Apis, petit Vase et une Lampe.

59 — Bas-Relief en terre cuite, représentant un des jeux olympiques, composé de trois figures, orné haut et bas d'une bande d'oves et de palmettes.

FAIENCES ANCIENNES

60 — Plaque à contours en ancienne faïence de Delft, représentant une flotte.

61 — Autre Plaque en vieux Delft, offrant une marine entourée de figures de comédiens et d'ornements.

62 — Fragment de coupe en faïence d'Urbino, portant au revers une inscription et la date 1541.

63 — Jolie petite Coupe en ancienne faïence de Castelli, décorée de quatre Amours se jouant sur des nuages.

64 — Assiette en ancienne faïence de Strasbourg. décorée de roses finement peintes.

65 — Grand et beau Plat en faïence d'Urbino, du XVIe siècle, sujet de l'histoire romaine. attribué à Horatio Fontana.

66 — Sous ce numéro, trois Vases et quatre
Plats en faïence espagnole à reflets.

67 — Deux Plaques de revêtement en terre
émaillée, à arabesques sur fond bleu,
dans un cadre.

68 — Potiche ovoïde en ancienne faïence du
Midi, décorée de plantes aquatiques et
d'oiseaux.

—

PORCELAINES ANCIENNES

69 — Douze jolies Tasses avec Soucoupes en
vieux Saxe, décorées de sujets de chasse,
avec bordures d'ornements dorés.

70 — Cabaret en ancienne porcelaine de Hochst,
décoré d'oiseaux et d'ornements lilas,
composé de : une Cafetière, un Pot à
lait, un Sucrier, une Boîte à thé, et
douze Tasses avec Soucoupes.

71 — Assiette en ancienne porcelaine de l'Inde,
décorée de fleurs et d'une armoirie.

72 — Deux Flambeaux en ancienne porcelaine
d'Allemagne, à tiges ornées de têtes de
bélier en relief.

73 — Grande Potiche en ancienne porcelaine de
Chine, décor bleu à lambrequins et
larges fleurs.

74 — Potiche à couvercle en vieux Japon, décor
d'arbustes et de fleurs en bleu, rouge
et or.

75 — Potiche en porcelaine de Chine émaillée, à
fleurs et papillons sur fond gros bleu.

76 — Vase ovoïde en ancienne porcelaine de
Chine, à médaillons et à quatre chimères
en relief.

77 — Vase, de forme analogue au précédent.

78-79 — Quatre Potiches en vieux Chine, fond
brun, à réserves de feuilles émaillées.

80-82 — Dix Bols en ancienne porcelaine du
Japon, à décor bleu, variés de dimensions
et de dessins.

83 — Cuvette et Pot à eau en porcelaine de
l'Inde.

84-89 — Dix-huit Plats en ancienne porcelaine
de Chine et du Japon, variés de décors.

BRONZES

90 — Cinq Modèles en bronze : Enfant assis pour
anse de vase, tête de Griffon, tête de
Faune, Mascaron et Christ en croix.
Ces cinq pièces sont finement exé-
cutées.

91 — Lion héraldique en bronze du xvi° siècle et un Éléphant en bronze.

92 — Buire en ancien bronze de la Chine, à ornements gravés en relief.

93 — Brasero à deux anses et à couvercle en ancien bronze du Japon.

94 — Jardinière en forme de feuille, en ancien bronze de la Chine.

95 — Coupe ronde, à trois pieds bas, en ancien bronze de la Chine, imitant une corbeille vannée.

96 — Joli Brûle-Parfums, en ancien bronze du Japon, à couvercle surmonté d'un animal chimérique, et réserves à dragons et oiseaux en relief, très finement exécutés. Belle patine brune.

97 — Groupe de deux Paons sur un rocher en bronze du Japon, incrusté d'argent.

98 — Petit Brûle-Parfums en bronze de la Chine, fondu à cire perdue.

99 — Deux Chenets, modèle Louis XVI, à vases, draperies et mufles de lion, en bronze doré.

100 — Deux Girandoles Louis XVI, à deux lu-
mières, en bronze doré.

OBJETS DIVERS

101 — Terre cuite par Aimé Millet : Napolitaine
assise.

102 — Joli petit Cadre Louis XIII en bois finement sculpté et ajouré, à figures d'en-
fants, feuilles et torsades.

103 — Bouclier de chasse en fer incrusté d'or et
d'argent et tresses de soie. Travail
oriental.

104 — Glace vénitienne avec encadrement, à ornements en relief, xviie siècle.

105 — Verre de Venise, marbré et aventuriné.

106 — Quatre Flacons en ancien verre de Bohême
gravé, dont un émaillé.

107 — Un grand Verre à pied et un Plateau en
verre uni.

LIVRES

108 — Quarante-huit volumes reliés : de Lescure,
P. de Musset, Mielot, Flaubert, Th. Gau-
tier, Letronne et autres. Plusieurs Volumes de poésies. Ouvrages sur le pro-
testantisme.

MEUBLES

109 — Grand Bureau ouvrant à abattant, surmonté d'une bibliothèque en marqueterie de bois de noyer à filets.

110 — Grand Bureau Louis XVI, à cylindre, en
bois d'acajou moucheté, à rideau et
tiroirs.

111 — Commode Louis XIV en marqueterie de
bois de violette, à quadrillage, garnie de
bronze ; dessus en marbre Campan.

112 — Bibliothèque à portes vitrées en bois de
Courbaril, garnie de bronze.

113 — Toilette Louis XVI en acajou massif, garnie de bronze.

114 — Bureau plat à cinq tiroirs en acajou, garni
de cuivres.

115 — Console en acajou, avec tablette d'entre-
jambes et dessus de marbre.

116 — Petite Console en acajou, garnie de cuivre.

117 — Table à jeu de trictrac en acajou, garnie
de cuivre.

118 — Table de nuit à rideau en acajou, dessus
de marbre.

119 — Deux Consoles d'appliques en bois noir
sculpté.

120 — Trois Socles.

121 — Meuble de style Louis XIV, à deux vantaux
et à tiroirs, en bois de racine, garni de
bronze ; dessus en marbre rouge royal.

122 — Piano droit, de Herz, en marqueterie de
bois, à fleurs et rinceaux.

123 — Bibliothèque vitrée à deux portes en bois
noir.

124 — Bureau Louis XIII en marqueterie de bois,
à abattant.

125 — Petite Pendule religieuse en marqueterie
d'écaille et de cuivre.

TAPISSERIES

126 — Tapisserie d'Aubusson du XVIIIe siècle, représentant une Pastorale, avec bordure à torsades de fleurs portant un écusson fleurdelisé à la partie supérieure,

127-128 — Deux Tapisseries à sujets de verdures.

129 — Quatre Tapis persans, de dessins et de dimensions variés.

Ve Renou, Maulde et Cock, impr^s de la Cie des Commissaires-Priseurs, rue de Rivoli, 144.   300—44805

RED. :

18

MIRE ISO N° 1
NF Z 43-007
AFNOR
Cedex 7 - 92080 PARIS-LA-DÉFENSE

3/9/89.70
graphicom